KB180892

한국 희곡 명작선 143

부장들

한국 희곡 명작선 143

부장들

김병재

평민사

김병재

부장들

등장인물

김 부장 : 40대 중반, 대한일보 사회부장, 이름 김기철
최 부장 : 40대 후반, 같은 신문사 정치부장, 이름 최병두
백 국장 : 50대 초반, 같은 신문사 편집국장
경제부장 : 김 부장과 동기
문화부장 : 김 부장의 2년 후배
편집부장 : 동네 책방 주인 같은 용모
국제부장(女) : 주책스럽다. 김 부장의 2년 후배
권미림(女) : 20대 후반 같은 신문사 사회부 여기자
수현(女) : 30대 후반, 시민단체 의료봉사단 팀장
봉감독 : 영화감독
인수위원 : 대통령직 인수위원회의
청소부(女) : 편집국의

때

아주 가까운 앞날

곳

서울에 있는 어느 신문사

프롤로그

암전 속에서 아침뉴스가 흘러나온다. 승용차 안인 듯,

소리 … 이 같은 출산율 감소에 따른 인구절벽 현상은 국가 발전을 크게 저해하는 요인이 될 것입니다. 자, 분위기를 바꿔 보겠습니다. 사람이 개를 물었다는 소식입니다. 서울 방배동에 사는 개그맨 조남국 씨는 반려견이 말을 듣지 않는다고 홧김에 반려견의 앞다리를 물었다는 소식입니다. 국내 최~고가의 애완견으로 알려진 이 개를 동물병원에 급히 이송했으나 뼈가 크게 훼손 돼 치료 불가라고 합니다. 별 일도 다 발생하는 군요. 암튼 개가 사람을 물면 뉴스가 안 돼도 사람이 개를 물면 뉴스라고 했는데, 정말 뉴스이군요.
끝으로 오늘 날씨는 어제에 이어 비가 내릴 예정입니다. 때 아닌 겨울비가 오는 가운데 오후부턴 중국에서 스모그가 유입될 것으로 예상되므로 바깥 활동을 자제해 주시기 바랍니다. 자 자 그럼 미세 먼지에 궂은 날씨지만 서울 연희동에 사는 김수철 씨가 신청한 노래 빌리지 피플에

YMCA를 들으면서 오늘도 활기찬 하루를 시작하시기 바랍니다.~

음악 시작과 함께 잠시 후 조명 들어온다.

1장. 오전 9시 반

신문사 부장회의실.

청소부가 바퀴 달린 쓰레기통을 밀고 들어오며 쓰레기통을 비우고 있다. 청소부는 쓰레기를 실제 치우기보단 상징적으로 하면 된다.

청소부 (쓰레기통을 비우며) 아이고 더러워. 이걸 한꺼번에 버리면 어떻게? 분리를 해야지. 알 만한 사람들이. 암튼 기자라는 양반들이 더해. 글 따로! 하는 짓거리 따로! 언행일치가 안 돼요!

등장하는 문화부장. 숙취로 가득하다. 머리도 새집. 하지만 패션에 나름 멋을 부렸다.

문화부장 슬리퍼 어디 갔어?

이때 작은 쓰레기통을 큰 쓰레기통에 쏟는 청소부. 날리는 먼지.

문화부장 아줌마. 먼지 나잖아요. 살살 좀 해요.

그러면서 쓰레기통에 있는 자신의 슬리퍼를 발견한다.

문화부장 아줌마! (슬리퍼를 집으며) 이걸 버리면 어떡해요?

청소부　저쪽 쓰레기통에 있었어요. 왜 나한테 그래요? 글구 버릴 때도 됐구먼.

문화부장　멀쩡한데 뭘 버릴 때가 돼요? 참 나.

청소부　부장이란 분이 슬리퍼 하나 갖고.

문화부장　뭐라구요?

청소부　뭐가 멀쩡하냐구요 너덜너덜 하구만. 그러니 정치판이 맨날 그 모양이지. 너덜너덜… 막장 쯧쯧!

　　　　청소부 퇴장.
　　　　사이.
　　　　어이없다는 듯 헛웃음 짓는 문화부장.
　　　　최 부장 등장. 정장차림이다. 부장들 가운데 유일하다.

문화부장　오셨어요?

최부장　일찍 왔네.

문화부장　헷갈립니다. 내가 일찍 온 건지, 아직 안 간 건지.

최부장　술 좀 작작 마셔. 그러다 한 방에 가.

　　　　책상서랍에서 홍삼 팩을 꺼내 문화부장에게 던지는 최 부장.

문화부장　어디 가서 얼큰한 국물 한 그릇 해장했음 싶은데….

　　　　홍삼 팩을 야무지게 뜯어서 야무지게 빨아먹는 문화부장.

최 부장도 홍삼 팩 하나 뜯어서 먹는다.

홍삼 팩을 다 먹은 최 부장, 책상에 발을 올리고, 얼굴에 신문지 덮고, 잠을 청한다.

이때 경제부장, 편집부장 등장한다. 다들 상의가 없는 와이셔츠 차림이다. 경제부장은 넥타이를 했다. 서로들 기계적인 인사.

각자 자리에 앉는 부장들. 다들 피곤한 기색이 역력하다. 편집부장은 탁자에 신문 몇 개를 펼쳐 보이고.

경제부장 터널 공산 언제 끝나는 거야? 차가 밀려서 꼼짝을 안 하네.

편집부장 누가 아니래? 한번 조져! 우리가 제목 멋지게 달아줄게.

경제부장 그리구 미세먼지 대책은 왜 안 세우는 거야? 시는 세금 받아 뭐해?

편집부장 아, 푸른 하늘 한번 보고 싶다. 허구한 날 마스크 쓰고 출근할 줄이야. 마스큰 또 왜 이리 비싸?

문화부장 근데, 문화분 아침 회의 안 들어 와도 되는 거 아니에요?

편집부장 21세긴 문화시대라며? 문화가 중요하지. (누구 들으라고 크게) 요즘 누가 정치기사 보나?

최부장 (신문 덮은 채로) 왜 또 시비야?

문화부장 21세기가 무슨 문화의 시대입니까? 문화산업의 시대지. 역설적이게도 문화산업이 문화를 죽이고 있어요. 영화 방송이 연극 무용 등 순수예술을 말살시키고 있다고요. 문화 상실의 시대에 살고 있다고요.

편집부장 그럼 맨날 기사 없다고 푸념하지 말고 기획특집으로 한번

써. 내가 멋지게 제목 달아줄게.

문화부장 ?? 머 그러지 않아도 단단히 벼르고 있습니다. 헤헤.

편집부장 아, 근데 (경제부장에게) 아파트 값은 계속 오르겠지?

경제부장 내가 그걸 어떻게 알아?

문화부장 경제부장이 모르면 누가 알아요? 나두 애가 고1 올라가는데. 강남으로 이사 가야 되겠죠?

경제부장 몰라! 내 그거 알면 여기서 이 짓하고 있겠냐? 원래 경제부장은 경제만 빼고 다 알아. 근데 내가 강남 살고 있어 아는데 강남 살아야 돼… ㅋ 글구 에이아이(AI)주들 샀어?

문화부장 지금 사도 돼?

경제부장 그저 돈이라면… 쯧쯧. 연극 초대권이나 좀 내놔봐. 요즘 뭐가 재밌나?

문화부장 돈 내고 보세요! 저도 돈 내고 봐요! 요즘 대학로에 초대권 없어진 지가 언제데?

모두 웃는다.

문화부장 근데 문화부장도 매일 아침 회의 나와야 돼? 우린 행사가 다 밤에 있잖아요. 퇴근이 보통 밤 10시예요. 우라질. 야근 수당을 주던지.

경제부장 우리 경제부는 밤낮이 없어요. 영화 보고 음악회 다니면서 문화인이라고 개폼 잡고, 어린 처자들 만나 연기가 어떻고, 연주가 어떻고 예술이 어떻고. 나도 문화부장 좀 해

보자!

모두들 웃는다.

경제부장 당신들이 경제인들의 개고생을 알아?
모 두 몰라요.

또 웃는다.
다들 피곤한지 기지개를 펴기도 하고 하품을 하기도 한다.
그러면서 일제히 탁자에 다리를 올리고 잠을 청한다.
잠결에 문화부장, 구두를 벗는다. 그러자 정말 거짓말 같이 순간
조용해 진다.
잠시 후 침묵을 깨고.

경제부장 (오만상을 찌푸리며) 이거 무슨 냄새야?
편집부장 무슨 냄새? (킁킁) 뭐야 이거? 꼬랑내!

시체처럼 졸고 있는 문화부장.

경제부장 (청천벽력처럼) 문상식 부장!

벌떡 일어나는 문화부장. 박수를 친다. 마치 공연장으로 착각한 듯.

문화부장 (마주 박수치며) 브라보!

편집부장 저 봐라. 뮤지컬 끝난 줄 안다. 킥킥.

경제부장 발 내려! 머리가 다 아프다!

문화부장 어제 늦게 끝나서 사우나에서 자느라 양말을 못 갈아 신었더니….

편집부장 편의점에서 하나 사 신던지. 뭐야, 이게. 아이구 구린내.

경제부장 나갔다 와.

문화부장 신발 다시 신으면 되요.

편집부장 아이, 하나 사 신어! 그 냄새가 어디로 가겠어요!

경제부장 그래 얼마 한다고. 돈 주랴?

문화부장 아이, 양말살 돈이 없어서 그래요? 이거 새 양말인데 하나 사면 낭비잖아. 그럴 필요 뭐 있어. 경제부장이 그렇게 경제관념이 없으니까 우리 경제가 이리 개판이지.

경제부장 재 뭐래는 거야? 그게 왜 내 탓이야? 이 몰상식아!

문화부장 집에 가서 세탁기 돌리면 새 양말 되는데 뭐 하러 또 사냐구.

경제부장 와이프가 뭔 고생이냐? 이 더러운 양말을….

문화부장 서방이 처자식 먹여 살리느라 발이 닳도록 뛰어다녀서 그런 건데 고생은 무슨 고생?

편집부장 아따, 대단한 서방님 납시셨네. 맞벌이 와이프한테 빨래를 시킨단 말야?

문화부장 누군 안 버나요? 그리고 남자와 여자가 할 일이 따로 있지.

경제부장 너 어디 가서 그런 말 하지 말아라. 젠더 감수성 떨어진다고 바로 화살 맞는다.

문화부장 남자니까 돈 버는 게 당연하고 여자니까 살림하는 게 당연하단 건데 무슨 젠더 감수성?

경제부장 이런 쌍팔년도 몰상식한 놈 같으니라구!

편집부장 몰상식이 쎄네. 돈벌어오는 마누라한테 빨래시키고. 근데 늙어서 감당할 수 있겠어요?

경제부장 몰상식이 그냥 몰상식이야? 뭘 모르니까 몰상식이지. 나중에 밥이라도 얻어먹으려면 세탁기 직접 돌려, 이 몰상식아!

문화부장 킥킥. 걱정들 마쇼. 말이 그렇다는 거지 언감생심 어떻게 세탁기를 돌리라고 하겠습니까? 헤헤~ 송 선배, 우리 와이프 잘 알잖아. (흉내) 야. 빨래 안 해? 그리고 세탁기 다 돌았으면 빨리 널어! 바둑 그만 보고!

경제부장 (문화부장 흉내) 누가 안 한대…? 이것만 보고. 대마 죽기 일보 직전이야….

문화부장 티비 꺼!

잽싸게 리모컨으로 티비 끄는 시늉하는 경제부장.

문화부장 나 할 일이 얼마나 많은지 몰라? 학교 가서 애들 가르쳐야지, 사대부 문씨 맏며느리라 제사 준비해야지, 마포초등학교 3학년 반장인 우리 광호 엄마 노릇 해야지, 문상식 아니 몰상식 마누라 역할 해야지. 1인 4역이야, 1인 4역!

편집부장 (문화부장 흉내) 알아. 입이 열 개라도 할 말 없어….

문화부장 그러니까 자꾸 양말 갈아신으라고 할 거야, 말 거야.

경제부장 (물건을 마구 던지며) 그래도 갈아 신어! 응! 아주! 두통이 와! 두통이!

문화부장 (피하며) 아이, 정말….

최부장 (덮고 있던 신문지를 내리며) 쌩쇼들을 한다. 아침부터. 국장한 테 깨지지들 말고 기사나 잘 챙겨.

편집부장 (시계를 보며) 근데 국장 왜 안 들어와?

문화부장 어련히 오실라고.

이때 헐레벌떡 들어오는 국제부장(女). 꽤 사치스러운 의상이다.

국제부장 (국장의 빈자리를 보고) 휴, 살았다. 오빠들 미안. 호호.

편집부장 일찍 좀 다녀라. 데스크란 작자가 매일! 니 부원들이 뭐라 고 안 해?

국제부장 어떤 쉐끼가 감히 뭐라 해?

문화부장 너 남자기자들 끌고 다니며 술 먹는다며? 조심해 소문난다.

국제부장 누가 그래? 아니. 좀 그러면 어때? 남자부장들도 다 그러 는데.

국제부장, 작은 백에서 화장품을 꺼내며 화장을 시작한다.

김부장 (짜증) 아이, 뭐하냐?

국제부장   아이 정말! 지하철에서 하는 애들보단 낫잖아.

다시 다리를 책상 위에 올리고 잠을 청하는 부장들. 국제부장만 계속 화장한다.
사이. 정말 거짓말처럼 다시 조용해지는 사무실.
이때 등장하는 백 국장.

백국장   이봐, 이봐. 눈 좀 떠라. 명색이 편집국장이 들어왔는데. 쯧쯧.

자세를 고쳐 앉는 부장들. 중앙 자리에 앉는 백 국장.
아직도 자고 있는 문화부장. 백국장이 "야!" 하려는데 순간 자세를 바로 하는 문화부장. 백 국장의 양옆으로 부장들이 앉은 모양새다. 부장들, 병든 병아리 같다.

백국장   다들 표정들이 왜 그래? 정신들 안 차려!

모두 놀라, 꿈쩍인다.

백국장   일어나서 기지개라도 해!

모두들 자리에서 일어나 대충 움직이고는 다시 앉는다.

백국장 아이고. 내가 이런 사람들을 데리고 신문 경쟁을 하고 있으니. 다시 일어나!

모두들 쭈뼛한다.

백국장 군대들 안 갔다 왔어? 도수 체조 한번 해!

모두들 마지못해 움직인다. 과하게 허리를 돌리는 문화부장 모습이 우습다.

백국장 증말 못 봐주겠구먼. 앉아!

모두, 앉는다.

백국장 김 부장 어디갔어?
최부장 (무심하게) 못 봤습니다. 아직 안 온 거 같은데요?
백국장 사회부 어제 회식 있었어? 늦게까지 술 푼 거야?
경제부장 글쎄요. 김 부장이 과음 때문에 늦거나 하지는 않는데…?
백국장 자, 회의 하자. 어제 신문 얘기들 해 봐. 아, 참. 조선 (그때그때 다름)에 난 자율주행 기사 뭐야?
경제부장 네?
백국장 그거 우리가 기획했던 거 아냐?
경제부장 ….

백국장　물 먹은 거야?

경제부장　그게….

백국장　당신 말야, 이런 거 좀 잘 챙겨! 우리 담당 누구였어?

경제부장　김병현 차장이요.

백국장　혼 좀 내!

경제부장　예….

백국장　다음!

편집부장　항상 하는 말이지만 마감시간 좀 지켜주세요. 어제 국제부에서 낸 미 대통령 기사, 밤 12시 다 돼서 출고됐어요. 연합은 9시에 띄웠는데. 그렇다고 연합보다 기사가 훌륭하지도 않고.

국제부장　편집부, 무슨 말을 그렇게 해요!

문화부장　맞아. 편집부가 말을 막하네.

편집부장　아니 뭐 내가 틀린 말했습니까? 완전원고도 좋지만 마감시간은 지켜야죠. 통신 됐다 뭐합니까? 그냥 찢어서 넘기세요.

국제부장　말이 나왔으니 말인데, 저도 제목 얘기 좀 할게요. (신문 펼치며) 이거요! 문화일보 석간 그대로 베낀 거….

백국장　됐어! 마감시간은 지켜! 그거 안 하라면 뭐 하러 신문쟁이 해?

이때 헐레벌떡 들어오는 김 부장. 양복 상의에 캐주얼한 차림이다.

김부장	늦었습니다.
백국장	야, 김 부장. 일찍 일찍 좀 다녀!
김부장	예, 예. 죄송합니다.
백국장	오늘은 멀 먹고 사나? 오늘자 신문머리에 멀 올릴 건지 발제들 해봐.
최부장	예 김정은 서울 옵니다.

모두 놀란다.

최부장	우리 당선인과 남북 정상회담.
문화부장	드디어 한반도에 평화가?
편집부장	이번엔 진짜겠지?
경제부장	북한 경제가 어렵다는 거지.
국제부장	언제요?
최부장	추석 직전 같은데, 취재중이야.
편집부장	1면 톱 가면 되겠네.
최부장	아냐. 정확한 날짜 나오면.
백국장	그래. 일시 더 알아봐. 다음!
김부장	네. 사회부 발제하겠습니다. 제가 어제 받은 첩본데요. 이 주 전에 자살한 배우 성수아 있잖아요. 타살이라는 제보가 들어왔습니다.

놀라는 부장들.

김부장 믿을 만한 취재원입니다. 다들 아시다시피 성수아는 현 대통령 당선인과 십여 년 전에 열애설이 났던 배우입니다. 어쨌든 옛 애인이 대통령에 당선되자 죽었어요. 더 취재를 해야겠지만, 분명 신빙성이 있는 제보입니다.

사이.

최부장 무슨 소설 같은 소리야?

김부장 인수위에서도 몇 차례 대책 회의를 가졌던 걸로 알고 있어요.

최부장 누가 그래? 정치부장인 나도 처음 듣는 소린데.

김부장 사회부 쪽으로 확인해 본 거니까 인수위 출입기자 (새 정부가 아직 청와대는 입성 안 함)통해 체크 좀 해주세요.

최부장 김 부장. 이거 너무 나가는 거 아냐?

백국장 최 부장, 흥분할 거 없어. 아직 첩보수준이니깐. 여배우 죽음이 자살이 아니라 타살이다. 그거잖아.

김부장 그 이상일 수도 있구요.

최부장 뭐?

백국장 그만해. 알았으니까, 점심 먹고 2시회의 때까지 더 알아봐.

백국장 다른 거 없어? 경제분?

경제부장 오후 회의까지 찾아보겠습니다.

백국장 국제부?

국제부장 …….

백국장   문화부.

문화부장   …… .

백국장   아 됐어! 다들 오후 회의 때까지 무조건 내. 아니면 회의 들어오지 마. 이상!

퇴장하는 백 국장. 그 뒤로 부장들 따라 나간다.

최부장   김 부장. 이거 나랑 먼저 상의했어야 되는 거 아냐? 내 나와바리 일인데….

김부장   어제 늦게 들은 얘기예요. 그래서 지금 말씀 드리잖아요.

최부장   제대로 취재 협조를 구해야지!

김부장   그래서 지금 이렇게 하고 있잖습니까?

최부장   이게 취재 협조야! 그리고 뭐? 인수위에서도 대책회의를 해? 이게 말이 된다고 생각하냐!

김부장   나도 첩보 차원에서 들은 얘기니깐 취재해 보자는 거죠. 아니면 할 수 없는 거고

최부장   아니면 말고? 김 부장!

이때 김 부장 휴대폰이 울린다. 발신자를 확인하고는.

김부장   응. 금방 갈게. 최 부장. 먼저 나갑니다!

최부장   야, 김 부장! 야, 임마!

퇴장하는 김 부장. 최 부장 전화한다.

최부장   여보세요? 아, 이 차장. 나야. 혹시, 지금 인수위 쪽 홍보라인 좀 알아? 뭐? 어디? 듣도 보도 못한 듣보잡들이군… 저기 여배우 성수아 알지? 당선인이랑 그런 사이였던. 타살이래. 응? 그래, 알아. 다 열어놓고 취재해. 그래 그래. 한번 알아봐. 시간 없으니까 바로 연락 줘.

전화 끊는 최부장.
암전.

2장. 오전 11시 30분

커피숍.
휴대폰을 보고 앉아있는 수현. 잠시 후, 등장하는 김 부장.

수 현   여기 선배.

김부장   야, 오랜만이다.

수 현   그새 많이 변했네. 새치도 있고 (웃음) 신문사가 힘들긴 힘든가봐? 호호.

김부장   하 팀장 뭐 마실래. 좋은 거 마셔.

수 현   그래 봤자 커피지. 아니 음, 비싼 거 마실 건데 언니한테 괜찮겠어?

김부장　암 괜찮지. 모르나? 같이 안 살아.

수　현　오잉? 선배. 무슨 배짱으로?

김부장　그리 됐다. 시키자. 여기요.

수　현　아니 내가 간단한 거 갖고 올게. (가방에서 서류 봉투를 꺼내며) 자, 미리 공부 좀 하고 계세용. 기자들 공부 안 하잖아. 킥킥.

안으로 들어가는 수현.

서류와 필름사진을 번갈아 보는 김 부장.

잠시 후, 커피를 들고 나오는 수현.

수　현　어제 오랜만에 전화해서 놀랬지?

김부장　이게 어제 통화한 여배우 성수아 관련 의사 소견서?

수　현　응?

김부장　작성자는?

수　현　나도 취재원 보호 해야지. 아는 후배야.

김부장　후배 누구?

수　현　뭐 말하면 알아? 하여튼 대한민국 기자들, 자기들은 다 안 다고 생각한다니까. 쥐뿔도 모르면서.

김부장　그럼 소견서 문제 생기면 니 책임이다.

수　현　뭐야? 특종 갖다줘도. 그거 이리 내.

김부장　이구 그놈에 성질하곤. 농담 한번 해 봤다.

수　현　나 건들지 마.

김부장　알았어, 알았어. 자, 보충수업 하자.

수 현　알다시피 성수아는 욕실에서 목을 매 죽었다고 알려졌어. 사인도 기도폐쇄고. 근데, 원래 목을 매 죽을 때는 고통에 몸부림치다 보니 목 피부가 찢어지거나 그에 버금가는 깊은 상처가 있게 마련이거든. 하지만 성수아의 목 피부는 어설픈 찰과상이 다야. 즉, 누가 일부러 급하게 낸 상처인 거지. 게다가 집안에서 목을 매서 자살하는 경우 목이 부러지지는 않거든? 근데 성수아는 경추 골절이야. 이건 곧.

김부장　타살이다?

수 현　자살이 아니다.

김부장　그 말이나 그 말이나.

수 현　암튼 대한민국기자들… 달라. 이 자료로 확인할 수 있는 건 자살이 아니다 뿐이야. 그 다음 타살을 확신할 수 있는 증거는 선배 몫이지.

김부장　뭐가 그리 복잡해? 도 아니면 모지.

수 현　기사 그렇게 쓰지 마.

김부장　아이고, 알겠습니다.

수 현　이상이야. 의사출신으로서 내 소견이기도 하고.

자료 챙기는 김 부장.

김부장　여배우 성수아의 죽음이 자살이 아니다… 그렇다면… 누가 죽였을까… ?

수 현　　얘기했잖아. 지금부턴 선배 몫이라구.

　　　　　수현을 보는 김 부장.

김부장　　이거 쉬운 일이 아냐. 어쩌면 살아있는 최고 권력을 상대로… (사이) 역린일 수 있어.

수 현　　역린인지는 모르겠고, 권력 때문에 사람을 죽였다면 응당 심판을 받아야지!

김부장　　(주위를 보며) 야, 야. 목소리 좀 낮춰.

수 현　　우리가 죄졌어? 왜 자신 없어? 겁나? 혹시 선배도 길들여진 언론?

김부장　　시끄러! 어쨌든 자료 고맙다.

수 현　　잠깐! (서류를 뺏으며) 확답 듣고. 확실히 기사 쓰는 거지?

김부장　　(서류를 다시 뺏으며) 취재원은 정보만 주면 되는 거야.

수 현　　기사 똑바루 써. 내가 지켜볼 거야.

김부장　　(수현에게) 알겠습니다, 의사선생님.

수 현　　의사 관둔 지가 언젠데 아까부터 자꾸 의사래. 근데, 언제 부장 달았대? 부장 턱 내야지. (술잔 넘기는 시늉) 한잔 진하게 빨까?

김부장　　말하는 거 하군. 너 아직 처녀야.

수 현　　나 처녀 아냐.

　　　　　사이.

26

김부장　너 이거 성희롱이다.

수 현　자, 일어나요.

김부장　머가 그리 바빠?

수 현　난 선배처럼 날 되면 따박따박 봉급 나오는 기자가 아니에요.

김부장　먼저 가. 나 전화 좀 하고.

전화 거는 김 부장. 한번 인상을 쓰더니 나가는 수현.
암전.

3장. 오후 1시 30분

무대 전체에 조명 들어오면,
통화하며 자신의 탁자를 향해 들어오는 김 부장.

김부장　예… 네? 여배우 성수아 소속사 아닌가요? 장 대표이시죠? 여보세요? (전화가 끊어졌다) 이거 벌써 약친 거야? 그나저나 얘는 소식이 없어? (전화 건다) 너 언제 회사 들어오겠다는 거야?

어느새 들어와 있는 권미림.
선글라스를 머리 위로 올리고 미니스커트에 요란한 옷차림을 했다.

권미림 부장. 들어와 있잖아요.

김부장 (뒤돌아보며) 어? 그래. 앉아 봐.

의자에 앉는 권미림.

김부장 어떻게 생각해?

권미림 뭐가요?

김부장 아까 내가 전화로 얘기한 거. (주위 두리번) 성수아 타살사건!

권미림 가짜뉴스.

김부장 뭐? 이거 일 좀 한다고 칭찬했는데 완전 허당이네?

권미림 (바로 바뀌며) 농담이구요, 미드 같아요

김부장 (한숨) 뭐가?

권미림 미모의 여배우, 죽음, 미스테리. 대통령의 이룰 수 없는 사랑 아니면 치정. 아니면 불륜!

김부장 소설 쓰냐? 시나리오 써?

권미림 내가 성수아 주변 동료 영화배우, 탤런트, 매니저, 미용실 언니 싹 훑어 취재할게요. 대통령이고 뭐고 여자 건드는 새끼들은 다 가만 안 둬!

급하게 권미림 입을 막는 김 부장.

김부장 조용히 해! 너 미쳤어!

권미림 저 연예부 있었을 때 독종이었다고 몰상식 부장한테 들으

셨죠? 물론 그래서 부장님이 저 사회부로 끌어 온 거고. 호호 이 사건, 게임 끝났어요!

김부장 시끄럽고, 잘 들어. 두 개야. 먼저, 최초로 시신을 발견한 사람 인터뷰해 와. 119대원이든, 아파트 경비원 친구든, 아니면 친척이든 수단방법 가리지 말고! 다음, 당시 사건 담당 형사 만나! 오케이?

권미림 오케이!

김부장 야 권미림. 뭐라고?

권미림 아, 참. 알았다니깐요.

김부장 내가 지시한 2가지 뭐야? 말해봐.

사이.

김부장 이봐, 이봐!

권미림 먼저, 시신 최초 발견자 인터뷰! 다음, 담당 형사 취재!

김부장 담당 형산 왜 취재해?

권미림 살인 용의자 신원 확보!

김부장 오케이. 나가봐.

권미림 (장난스레 거수경례를 하며) 넵!!

권미림, 퇴장하려는데, 이때 낮술하고 들어오는 부장들.

문화부장 야, 권미림! 너 일 좀 해? 너 사회부 가서도 술만 먹으면 아무나 멱살 잡고 싸운다며?

권미림   (술 취한 척, 문화부장의 멱살을 쥐며) 어떤 개새끼가 그래…!

문화부장 아냐 아냐. 빨리 가라.

권미림   씨발….

과하게 비틀대며 퇴장하는 권미림. 자리에 앉는 부장들.

편집부장 연기 잘하네… ㅋ

국제부장 김 선배. 점심 혼자 좋은 거 먹었나 봐요?

김부장   대낮부터 얼굴 뻘개갖구. 술도 못 먹는 게….

국제부장 (화장백을 꺼내며) 아이, 낮엔 한 병 이상 먹으면 안 되는데.

경제부장 이제 낮술 하는 조직은 언론사밖에 없을 거다.

편집부장 뭔 소리. 공무원 애들 있잖아.

문화부장 세종시 사람들은 요즘은 안 그럴걸. 아이 목마르네. (일어나 생수통으로 가며) 생수를 먹어줘야 돼. 오늘 같은 날씨에 각 1병은 과했네.

편집부장 맨날 물 먹으면서 물 찾네.

문화부장 뭐요?

편집부장 좋은 생수 많이 드셔. 몸엔 물 이상 좋은 게 없지. 소양인 이구먼.

문화부장 아니 그럴 어떻게?

편집부장 보면 알지. 다혈질이잖아.

문화부장 (버럭) 뭐요?

편집부장   봐봐. 영락없는 소양인이야.

국제부장   (종이컵을 주며) 냉수나 언릉 드셔여.

경제부장   다들 때거리 좀 찾았어? 국장한테 깨지지 말고 기사거리 챙겨들 봐. 참, 김 부장. 성수아 관련해서 뭐 좀 더 알아낸 거 있어?

김부장   있지. 완전 블록버스터급 에스에프야.

문화부장   블록버스터 에스에프? 그거 대박인데.

등장하는 최 부장.

최부장   블록버스터 에스에프 좋아한다. 주연이 누군데? 로다주? 브래드 피트?

국제부장   난 톰 아저씨가 더 좋아.

백 국장 등장.

백국장   얼굴들 좋네? 그래. 병든 닭보단 차라리 이게 낫다. 이거 술기운에 신문 만드는구먼. 김 부장 오전 거 더 진전된 거 있으면 발제해 봐.

테이블에 자료를 올려놓는 김 부장.

김부장   성수아가 죽었을 당시 담당했던 의사 소견서와 성수아 엑스레이 사진입니다. 여기 의사소견서 보면 욕실에서 목을 매고 자살했다기에는 목 부위의 상처가 어설프고 경추골 절이라는 진단도 목 매달았다는 것을 의심케 한다는 내용입니다.

모두들 자료를 본다. 진지해지기도 하고 놀라기도 한다.

최부장　(필름을 보고) 이걸 어떻게 믿나?

김부장　백 퍼센트 믿을 만한 취재원입니다.

국제부장　(소견서 본 후) 그럼 이 여배우 죽음 배후에?

최부장　배후 같은 소리하고 있네? 국장. 이거 팩트 제대로 확인해야 합니다. 이 소견서가 진짜라고 해도 의사 개인의 소견이에요. 지금 정치부도 취재하고 있어요. 신중하고 정확하게 해야 합니다. 그리고, 국제부장!

국제부장　네?

최부장　신문사 부장이란 사람이 말을 함부로 해? 배후?

국제부장　아니, 나도 모르게 툭.

최부장　당신 그게 문제라고! 그렇게 해서 가짜 뉴스 양산되는 거고!

국제부장　죄송합니다.

경제부장　그렇긴 해도 의사 소견서에 엑스레이 필름도 확보했는데, 우리가 먼저 치고 가야 하지 않을까요?

문화부장　맞아요. 당연히 일보를 내야 합니다.

편집부장	나도 찬성.
국제부장	미투.
최부장	당신들 낮술 했지? 국장, 안 됩니다. 아직 그럴 사안이 아닙니다! 오해 말어. 내 얘긴, 돌다리도 두들겨 보자는 거야.
백국장	그래. 신중해서 나쁠 건 없다.
김부장	아직 시작도 안 했는데 이렇게 죽이기부터 하면….
경제부장	네 맞아요. 일단 김 부장에게 힘을 실어 줍시다.

그래요. 김 부장도 한 건 해야지, 김 부장 파이팅 등.

최부장	뭣들 하는 거야? 부장이란 사람들이!
백국장	근데. 문화부선 들은 얘기 없어?
문화부장	(아무 생각 없이) 네… ?
백국장	물어본 내가 미친놈이지. 알았어! 일단 좀 더 취재 해보자.

실망하는 김 부장.

김부장	언제까지요?
최부장	타살이면 죽인 자가 있을 거잖아?
김부장	아니, 그걸 기자가 알아봅니까? 경찰이 할 일을.
최부장	그러니깐 먼저 경찰기자 시켜서 경찰 취재하라고!
김부장	예 이미….
백국장	야, 야, 그만! 김 부장. 일단 오늘 마감시간까지 두고 보자.

김부장	그럼 일보라도 인터넷에 먼저 쓰게 해주세요. 자살이 아니라고.
최부장	참, 말귀를 못 알아듣네. 야, 김 부장! 쓰지 말자는 게 아냐. 신중을 기하자는 거지.
백국장	그래. 일보를 먼저 쓰더라도 후속기살 준비한 다음 쓰자.
경제부장	국장. 내가 볼 땐 김 부장 말대로 먼저 치고 가는 게 맞을 것 같은데요.

다른 부장들 다른 한마디씩 거들고.

백국장	당신들.
모 두	?
백국장	기사 없으니깐 김 부장 거 미는 거지?
문화부장	(당황) ??? 그건 아니죠. 언론인으로서….
최부장	몰상식 부장. 그만 해라.
김부장	에잇…!

일어나 나가는 김 부장.

| 백국장 | 김 부장 어디 가? |

김부장, 도로 와 의사소견서와 필름을 갖고 나간다.

김부장   보충 취재하려구요!

퇴장하는 김 부장.

최부장   김 부장 왜 저래?

경제부장   먼저 쓰고 싶겠죠. 남들이 쓰기 전에.

문화부장   특종이면 써야죠.

최부장   뭔 특종?

백국장   자, 됐어. 그만! 다른 부, 발제해.

경제부장   경제부 보고 드리겠습니다. 삼성전자와 엘지가 부산 엑스
             포를 기점으로 100조 원을 투자 미래 먹거리 발굴에 나선
             다는 기사 톱으로 올리겠습니다. 사이드론 금융권 ceo 특
             정 지역 출신 편중으로 하겠습니다.

백국장   경제부. 삼성전자 엘지 너무 키우지 말고, 3단으로 줄여서
             사이드로 빼. 금융권 ceo 특정 지역 출신 편중을 톱으로
             올려. 이 문제 심각해. 인수위에서도 이거 알아야 해.

경제부장   광고 때문에….

백국장   됐어. 사이드로 해. 다음, 국제부!

졸고 있다 화들짝 놀라는 국제부장.

국제부장   쏘맥으로 말라니까!

사이.

백국장   얼마나 마셨어?

국제부장   아, 아니에요, 국제부 말씀 드릴게요.

백국장   으이구. 야근 때 술만 마시지 말고 외신기사 좀 잘 챙겨.

국제부장   잘 하고 있어요.

백국장   (전체에 대고) 앞으로 술 먹고 야근하는 기자 있으면 명단 받을 거야.

편집부장   그럼 국제부장 이름부터 적어내면 되겠군.

국제부장   뭐요?

백국장   (자르며) 빨리 발제해.

국제부장   국장님 이거 성차별이에요!

백국장   뭐가?

국제부장   그렇잖아요. 남잔 되고 여자 데스크가 술 먹으면 안 되나요? 술도 음식이에요. 남자는 먹고 여잔 먹지 말라는 거예요. (정색하며) 여기 오은주 부장, 유리천장을 뚫고 남성주의의 가부장적 권위주의 악조건 속에서도 이 자리까지 왔어요. 보세요. 여기 부장 중에 여잔 나 혼자밖에 없잖아요! 편집부장님, 그런 마인드라면 부원들한테 바로 따 당할 수도 있어요?

백국장   알았어, 알았어. 말이 그렇단 거지. 발제해.

국제부장   글구 저 그렇게 술 많이 안 먹어요. 국장님은 저랑 술 한잔 하신 적도 없잖아요? 언제 술 사주신 적 있으세요? 억

울해요.

백국장　알았어. 언제 한잔 하자.

국제부장　언제요?

경제부장　아, 거참. 오 부장!

국제부장　그럼 저 발제 할게요. 미 대통령 호감도 조사서 트럼프가 예상을 뒤엎고 1등 했다는 거 쓸게요. 이거 특종이에요.

편집부장　특종은 개뿔?

국제부장　뭐요?

백국장　(재빨리) 다음. 문화부!

문화부장　네. 무명배우였던 영화배우 이판국이 일약 톱스타로 성장한 과정을 기획 특집으로 넣겠습니다. 우울한 젊은이들에게 희망을 줄 필요도 있구오.

　　　　　　모두 문화부장을 본다.

백국장　몰상식부장. 신문 안 봐? 이판국이 연극배우 시절 미투 터져서 지금 잠적했잖아!

문화부장　아, 그래요? 죄송합니다. 박 기자 이자슥을… 그럼 미투현상으로 본 대중스타의 일탈행위 시리즈 가겠습니다.

백국장　그놈의 시리즌 언제까지 우려먹을 거야?

문화부장　그럼 회의 끝나고 다른 거 찾아보겠습니다.

백국장　됐어. 안 속아. 걍 그거 해! 다음. 다른 부서 할 얘기!

각 부장들, 서로 멀뚱멀뚱 쳐다보기만 한다.

백국장　그럼 정보 보고!

각 부장들, 역시 서로 멀뚱멀뚱 쳐다보기만 한다.

백국장　물어본 내가 미쳤지. 회의 끝. 성수아 건 일체 발설하지 말고!

모 두　네.

백국장　아참, 글구 (부장들에게) 당신들 말이야. 노조 사무실이나 회장 비서실에 가서 로비 할 시간 있으면 신문이나 제대로 만들어!

.

백 국장, 자리에서 일어난다.

백국장　오늘은 기사마감 꼭 10분 앞당겨! 기사 오래 붙들고 있다고 잘 써 지는 거 아냐. 애초에 현장취재를 잘 해야지. 기사마감 정각 새벽 1시 반! 그 뒤엔 천하에 없는 특종도 받지 마! 회장실에서 내려와도 안 돼! 알았어?!

모 두　예!

갑자기 바빠지는 편집국 안.
신문사의 바쁘고 정신없는 업무풍경이 보여진다.

암전.

4장. 오후 3시

조명 들어오면 최 부장과 대통령직 인수위원회 인수위원.

최부장　바쁘시죠?

인수위원　뭐 정부 조직개편부터 향후 정책 플랜까지… 정신이 없습니다.

최부장　국민들의 기대가 큽니다.

인수위원　이거 최 부장님께서 그렇게 말씀해 주시니까 마음을 더 다잡게 됩니다. 하하.

사이.

최부장　뵙자고 하신 이유가…?

인수위원　아이, 왜 그러세요? 다 아시면서.

최부장　?

인수위원　죽은 배우 성수아요. 취재 중이시죠?

최부장　…….

인수위원　아이, 그게 또 당선인 귀에 들어가 버렸네? 아이, 참….

최부장　… 의혹이 있어서 취재를 하는 거뿐입니다.

인수위원   최 부장님.

최부장   네.

인수위원   지금 대한민국이 백척간두입니다. 우리 "희망정부"는 정말 공평하게 잘사는 대한민국 한번 만들어 보려고 합니다! 근데 우리 의지만 갖곤 안 됩니다. 언론이 도와주셔야죠.

최부장   언론이 왜 정부를 돕습니까? 언론은 정부를 감시합니다.

인수위원   에헤! 알아요, 알아요. 언론과 권력의 긴장관계. 헤헤.

최부장   이렇게 지금 저랑 만나는 것도 굉장히 부적절하신 거 알고 계시죠?

인수위원   아따, 최 부장님 엄청 까탈스러우시네. 헤헤. 부탁드리겠습니다. 지금 취재하시는 거, … 덮, 덮어주시죠… 대한일보 회장님께도 아마 따로 연락이 갈 겁니다.

최부장   위원님.

인수위원   예.

최부장   지금 대통령직 인수위원회에서 대외홍보 맡고 계시죠? 홍보 일 처음 하세요?

인수위원   네?

최부장   제가 팁 하나 드릴게요. 신문기자들, 사주가 마음대로 할 수 있는 조직 아닙니다. 사주랑 백날 골프 쳐봐야 소용없어요.

인수위원   에헤! 최 부장님. 또 오해하신다. 헤헤.

최부장   제가 여기 계속 있는 건 아주 부적절한 거 같군요. 이만 가보겠습니다.

인수위원 (말리며) 최 부장님! 최 부장님! 한번만 살려주십시오!

최부장 저희가 알고자 하는 건 팩트입니다, 진실!

인수위원 진실, 없습니다. 배우 성수아 씨와는 일 때문에 만났을 뿐입니다. 나머진 다 미디어가 만들어 낸 겁니다. 촉망받는 홀아비 정치인과 싱글인 톱스타 여배우! 언론에서 얼마나 스포트라이트를 때렸습니까? 허나, 그게 답니다. 당선인께선 다시 정치일선에 뛰어 드셨고 성수아 씨도 바쁘게 배우활동을 하지 않았습니까?

최부장 그 뒤로 더 이상의 만남은 없었습니까?

인수위원 없었습니다. 제가 보증합니다!

천둥 번개와 함께 비가 내린다. 우산을 펴는 최 부장.

최부장 오늘 비 온다는 예보를 못 들으신 모양이죠? 머 살다보면 좋은 날만 있겠습니까? 오늘처럼 궂은 날도….

사이.

최부장 참, 지금 새 정부가 서울서 추석 전날 9월 18일, 남북정상회담 추진한다면서요?

인수위원 네? 아닙니다. 18일 아니에요.

최부장 그럼 언제?

인수위원 그건 극비사항인데… 근데 어디서 들으셨습니까?

최부장 서울 남북정상회담 하는 건 맞고 언제죠?

인수위원 아직입니다. 아시잖아요. 북쪽 애들 일하는 방식… 정말입니다.

최부장 …….

인수위원 최 부장님. 정상회담 날짜 확정되면 최 부장님께 제일 먼저 드리겠습니다. (눈치 보며) 이번 한번만 막아주세요.

최부장 이런 식의 말씀은 듣기 거북합니다. 제 임의대로 기사를 내고 말고 할 수 없다는 거 아시잖아요.

인수위원 최 부장님. 지금은 인수위 기간입니다. 성수아 관련 기사로 도배되면 저희는 뭐 죽으라는 겁니까?

최부장 …….

인수위원 언론이야 독자들의 알 권리를 충족해야 하니까 의혹이 일어나면 취재를 해야겠죠. 하지만 기자도 공인 아닙니까? 사회정의를 실현하는.

최부장 기자가 왜 공인입니까? 그쪽처럼 국민이 내는 혈세로 봉급을 받는 공무원들이 공인이지. 거, 이상하게 물타기 하시네? 말이 나왔으니 어쩌다 하는 공무원 어공 때 잘하세요. 늘공한테 호구 잡히지 말고…

최부장 그럼, 먼저 가보겠습니다.

　　　　최 부장 퇴장. 혼자 남은 인수위원.
　　　　암전.

5장. 오후 4시

커피 전문점.

수 현   (서류를 건네며) 협박한 거.

김부장   협박이라니….

수 현   "의사소견서랑 엑스레이 필름 갖군 부족해. 기사 못 실어!" 이게 협박이 아니고 뭐야?

김부장   회사에서 열 받게 하잖아….

서류봉투에서 수북이 자료를 꺼내는 김 부장.
일기장을 발견한다.

김부장   이거 성수아 일기장?

수 현   응. 대통령 당선 결정 나고 이틀 후 날짜 봐봐.

펼쳐보는 김 부장.

김부장   (읽는다)

수 현   뭔가 오지 않아?

김부장   당선인의 치부를 알고 있다…?

수 현   자살하기 이틀 전 날짜 봐봐.

김부장   (읽는다)

수 현	이래도 감 안 오면 선배 기자 때려쳐라.
김부장	이 일기장은 어디서 구했어?
수 현	애기했잖아. 나도 취재원 보호해야 한다.

사이.

김부장	(자료 챙기며) 오케이! 땡큐!
수 현	참, 기자 쉽게 해?
김부장	뭔 소리야?
수 현	다 갖다 주고, 다 알려주고. 아예 다 써줄까?
김부장	땡큐지.
수 현	말 하는 거 하곤.
김부장	원래 줄 때는 다 벗고 주는 거야.
수 현	이 꼰데 말하는 거 좀 봐? 미투 한 번 당하고 싶어?
김부장	미투 같은 소리하고 있네. 나야말로 너 고발하고 싶은 적이 한두 번이 아니거든.

사이.

수 현	차 의사가 연락이 안 되네…?
김부장	차 의사였어…?
수 현	(아차 싶다) 아….
김부장	(일기장 들어 보이며) 그럼 이것도…?

수 현　아냐. 그건 성수아 매니저한테 받은 거야.

그래놓고 또 아차 싶은 수현.

수 현　뭐야… 다 말해버렸네….

김부장　아냐. 넌 말 안 했어. 그냥 내가 취재한 거지.ㅎ 근데, 하수연 매니저랑은 어떻게 알아?

수 현　예전에 성수아가 우리 생명나눔 의사회 홍보대사였거든. 그때 친해졌지.

김부장　그래? 혹시 매니저 한번 만나볼 수 있을까?

수 현　힘들 걸… 이것도 가까스로 받은 거야. 회사에서 성수아 관련된 일은 모두 (입에 지퍼 채우는 시늉) 이거래. 일기장 준 것도 절대 비밀로 해달라고 했어. 선배 절대 연락하고 그러지 마.

김부장　그래. 알았다.

수 현　차 의사가 왜 연락이 안 될까?

김부장　설마, 5공 때도 아니고. 어디 휴가 간 거 아냐?

수 현　나도 뭐 별일이야 있겠나 싶으면서도 좀 걸리는 게 있어서.

김부장　왜? 나 모르는 뭔가가 있어?

수 현　선배. 실은 며칠 전에 차 의사한테 전화가 왔었어.

차 의사 등장. 비틀댄다.

수 현	엄청 취했더라구.
차의사	누나…?
수 현	원래 술 잘 못하는 애였는데. 무슨 일이냐고 물었지.
차의사	나 의사 못하겠다. 때려칠래….
김부장	의사를 때려쳐? 아니, 왜? 그 고생하며….
수 현	죽은 성수아가 차 의사 병원으로 왔대. 당시 당직이 차 의 사였구.
차의사	처음엔 내 눈을 의심했어. 근데 성수아가 맞더라구.
김부장	그럼 소견서를 차 의사가 직접 작성한 거야?
수 현	근데 중요한 건 그게 아냐.
김부장	뭔데?
차의사	도저히 자살로 볼 수가 없더라구. 이건 백퍼 타살이야.
김부장	아니, 그럼 경찰에 얘길 해야지.
차의사	묵살 당했어. 소견서에 분명히 적었는데, 나중에 뉴스를 보니까 자살로 나왔어. 순간 그때 일이 생각났어.
김부장	그때 일?
수 현	5년 전 차 의사랑 생명나눔 의사회 활동할 때 지금 당선 인이랑 같이 탄자니아에 갔었어. 그 사람은 이미지가 필 요했고 우린 홍보가 필요했으니까. 근데 그 당시 생명나 눔 의사회 홍보대사가 성수아여서 다 같은 일행이었거든. 매니저랑도 그때 친해진 거구.
차의사	그때 이미 두 사람은 넘으면 안 되는 선을 넘은 사이였던 거야.

수 현 그래서 성수아의 죽음에 새 권력이 개입됐을 거라는 추측을 한 거고.

차의사 뭔가 치명적인 약점을 성수아가 쥐고 있었던 거지. 누나. 나 어떡하지? 혹시, 판도라의 상자를 열어버린 건가? 으악!

비명을 지르며 차 의사 퇴장.

김부장 그래? 그럼 일단 경찰에 신고부터 해야 하는 거 아닌가?

수 현 미쳤어? 동네방네 떠들고 다니게. 어쩌면 스스로 잠수 탔을 수도 있어. 워낙 새가슴이라. 내가 이 남자 소견서 받느라고 얼마나 고생한 줄 알아?

김부장 그래, 그래. 각골난망이다.

수 현 일단 기사가 먼저 나와야 돼. 내일자 신문에 나오는 거지?

김부장 응? 응. 아마도…?

사이.

수 현 ?? 선배. 확실히 해.

김부장 (커피 마시며) 그래 알았어….

수 현 뭐야. 왜 이리 물렁해? 선배 이거 특종을 몽땅 갖다 주는 거야. 거저먹는 거라구. 탐색하고 추적하는 건 우리가 다 해주잖아. 선배는 지면만 내주는 거야!

김부장 야, 말 좀 가려 안 할래? 지면만 내주는 거라니!

수 현 그럼 눈 부라리고 제대로 들이대! 닉슨 보내버린 워싱턴 포스트 기자들은 폐차장 쓰레기통을 헤집고 다녔어! 대한민국 언론은 앉아서 갖다 주는 것도 못 쓰냐, 제길!

김부장 우리도 그 정도는 해.!! 말랑 말랑한 맛이 없어. 니가 그래서 남자가 없는 거야.

벌떡 일어나 나가는 김 부장.

수 현 여기서 내가 남자 없는 얘기가 왜 나와! 야! 김기철! 너 기사 똑바루 안 쓰면 죽을 줄 알아!

갑자기 천둥소리가 나고 비 오는 소리가 들린다.
암전.

6장. 오후 5시

편집국 부장회의실.
앞쪽으로 부장들이 각자 의자에 앉아 있고,
백 국장은 뭔가 심각한 전화를 하고 있다.
들어오는 최 부장. 손수건으로 젖은 상의를 턴다.

백국장 비 와?

최부장　예… 그쪽 만났습니다.

백국장　그래? 뭐래?

최부장　그쪽도 뭐 그렇게 치밀하진 않은 거 같습니다.

백국장　그게 뭔 말이야?

최부장　뭐 어공들 늘 뻔한 거 아닙니까? 이번 건은 관례대로 접근
　　　　하면 될 듯합니다. 다른 데서 치고나오면 그때 받아써도
　　　　되고요. 굳이 먼저 칠 필요는… 그리고, 어쨌든 새로운 권
　　　　력입니다. 확실치 않을 걸로 불필요한 갈등을 만들 필요
　　　　가 없어요. 회사에선 뭐라고 언질 없어요?

백국장　방금 회장님이랑 통화했다.

최부장　?

백국장　예상한 대로. 자, 회의하자.

회의실로 가는 백 국장. 김 부장이 안 보인다.

백국장　김 부장 어디 갔어? 아직 안 들어 왔어?

편집부장　글쎄요. 아직 못 봤는데요?

경제부장　먼저 시작하시죠. 곧 오겠죠.

백국장　그럴까? 편집부장. 기사 마감 얼추 끝났지?

편집부장　예. 1면이랑 몇 개 빼곤 거의 오케이 났습니다.

백국장　좋아.

편집부장　근데요. 국장. 전반적으로 기사마감이 늦어지고 있어요.
　　　　전날 마감돼야 할 간지들도 당일 오전에 마감돼요! 신문

을 하겠다는 건지 주간지를 하겠다는 건지… 데일리! 신문을 몰라요.

문화부장 문화부도 스트레이트 기사가 있어요! 뉴스가 있다고요. 전일 제작이라고 해도 따끈따끈한 뉴스가 있으면 판을 헐고 싶어야죠. 독자를 위해!

편집부장 인터넷 됐다 뭐해!

이때 들어오는 김 부장.

김부장 늦었습니다!

책상에 봉투를 올려놓는 김 부장. 하수연에게 받은 봉투다.

백국장 뭐야?

봉투 안에서 자료를 꺼내 책상위에 펼치는 김 부장.
모두 모여든다.

김부장 십년 전, 생명나눔 의사회에서 탄자니아로 의료봉사활동을 갔을 때 지금 당선인과 성수아가 동행했습니다. 당선인은 정치활동, 성수아는 홍보대사.

편집부장 (사진보며) 그림 좋네. 진짜 연인 같네.

김부장 이미 이때부터 둘은 연인관계였다는 생명나눔 관계자들의 증언도 있습니다. 게다가 결정적으로 성수아 일기장을 입수했습니다. 자, 보세요. 12월 21일.

경제부장 대선 다음다음날이네?

김부장 (읽는다) "때론 거짓이 진실을 이길 때도 있다. 우리는 그럼에도 불구하고 담대하게 나아가야 한다. 늘 그렇듯 그렇게 무소의 뿔처럼 혼자서 나아가야 한다…"

국제부장 상처를 줬네. 확실해. 여자로서의 촉이야.

김부장 그리고 이건 죽기 이틀 전입니다. (읽는다) "무섭다. 지금 나를 옥죄는 건 외로움뿐만이 아니다. 나는 깊은 늪에 빠졌다. 어찌할 방법이 없다. 두렵다…"

사이.

문화부장 뭐가 두렵다는 거지?

경제부장 난 그 말보다 앞부분 무섭다란 말이 뭔가 더 있는 거 같아….

편집부장 이거 뭐 공포영화구만.

국제부장 협박당했어. 확실해. 여자로서의 촉이야.

최부장 촉 같은 소리하고 자빠졌네.

국제부장 뭐라구요!

최부장 무슨 상처를 주고, 무슨 협박을 당해. 내가 듣기엔 그냥 우울증에 빠진 여배우의 흔한 자기독백이구만. 촉은 무슨 얼어죽을.

국제부장　아, 죄송해요. 난 또 좆같은 소리라고 그러신 줄 알고… .

문화부장　오 부장 오버하는 거 봐라… .

국제부장　시끄러.

최부장　(김 부장에게) 여기에 성수아의 타살을 의심할 만한 내용이 어디 있어?

김부장　모르시겠어요? 이 정황 모르겠어요?

최부장　야. 넌 기사를 정황으로 쓰냐? 팩트도 없이, 정황만으로, 이거 써야지 해서 막 휘갈겨?

김부장　선배. 거 무슨 비약을 그렇게 합니까?

최부장　그리고 이게 성수아 거라는 걸 뭘로 증명할 거야?

김부장　믿을만한 취재원한테 받은 겁니다.

최부장　취재원 누구?

김부장　최 선배.

최부장　난 믿을 수 없어.

김부장　의사소견서랑 필름 선배도 봤잖아! 어떤 의사가 자신의 전문지식과 양심에 따라 진실을 말했잖아! 그럼 그걸 세상에 알리는 게 우리의 의무 아냐!

최부장　아니! 정황을 근거로 막 쓰는 건 우리 의무 아냐. 단지 언론의 전형적인 센세이션이즘일 뿐이야! 정확한 팩트도 없이 흥미와 가십으로 덧칠하는 황색 저널리즘이라구!

이때 백 국장 책상 위 전화기가 울린다.

백국장   여보세요? 네. 네. (사이) 네.

경제부장   최 선배 말씀 이해하겠는데, 이렇게 팩트까지 있는 걸 안 쓰는 건 좀 문제가 있지 않아요?

최부장   뭐가 팩트야?

경제부장   팩트죠. 어떻게 백퍼센트 확증만 갖고 기살 써요? 의심이 들고 냄새가 나면 써야죠. 아니 땐 굴뚝에 연기가 나는 법은 없죠. 고구마 줄기를 잡고 가다보면 고구마가 나오죠

편집부장   그래. 난 의사소견서랑 엑스레이 필름만 갖고도 충분해 보이드만.

국제부장   그래요. 써야지. 당연히. 문 부장. 넌?

문화부장   (눈치) 응? 난….

국제부장   쓰는 거잖아. 쓰는데 한 표! 절대 다수가 쓰자는 의견이네요!

최부장   이 사람들이 날 우스운 놈으로 만드네?

전화 끊는 백 국장.

백국장   회장님이다. 오늘 아침에 광고국장이 보고 했나봐. 삼성 엘지 에스케이. 광고 다 끊어졌단다. 그럼 다른 대기업도 다 그리할 거고 공기업도 끊을 거야.

모두 놀란다.

국제부장 뭐야? 벌써 작업 들어 오는거 야?

경제부장 제가 전화 한번 돌릴까요?

백국장 아냐. 이번엔 느낌이 달라.

경제부장 기업이 다시 정권 눈치 보는 거야? 참, 대한민국 아직 멀었다. 에잇!

침묵.

김부장 이럴수록 더 치고 나가야 합니다. 어차피 우리가 안 쓰면 다른 데서 쓰고 나올 건데!

최부장 야, 김 부장! 나랑 국장은 기자 아닌 줄 알아? 좀 더 지켜보자고! 사안이 대통령이야! 넌 지금 대통령 당선인이 살인사건에 연루됐다는 얘기잖아! 너 정말 뒷감당할 수 있어?

김부장 난 대통령이 연루됐다고 말한 적 없어요. 성수아는 자살이 아니니, 그렇다면 누가 죽였는지 취재해보자는 거지. 그리구, 아이스크림과 기산 녹기 전에 먹어야 한다고 말한 사람이 누군데요?

최부장 정무적인 판단을 하라구! 이건 회사 전체의 존폐가 달린 문제야!

김부장 기자가 왜 정무적인 판단을 해요! 팩트가 있으면 기사 쓰는 거지!

최부장 기업광고 다 끊기면 니가 책임질 거야! 야, 구차하게 더 이상 말하지 말자. 이러다간 월급 얘기까지 나오겠다.

김부장	성수아 죽었을 때 당시 담당의사가 행방불명 됐어요. 타살이 의심된다고 소견서도 냈는데 묵살됐고. 이 움직임이 안 느껴지세요?
최부장	무슨 움직임? 너 왜 그래. 초짜 기자야? 니가 경찰이야? 신문사 부장이야, 부장! 데스크라고!
백국장	그만들 해!

일동 조용.

백국장	좀 더 지켜보자.
김부장	(동시에) 국장!
최부장	(동시에) 국장!
백국장	야 김기철. 새 대통령 연루까진 부담스러운 게 사실이야.
백국장	그리고 최 부장. 정무적 판단은 내가 해. 넌 기사만 챙겨.
김부장	대통령 연루 아니라니깐요.
최부장	결국 그렇게 키워 쓸 거잖아. 우리가 이 장사 한두 번 해보냐?
백국장	김 부장. 우선 타살을 입증할 팩트를 더 갖고 와. 이 상태론 안 돼.
김부장	(쥐고 있던 볼펜을 던지며) 에잇!
백국장	김기철!

사이.

최부장   너, 여기에 매달리는 게 전번 인사서 물 먹은 거 때문이지?

김부장   뭐요?

최부장   내 모를 줄 아냐? 동기인 송 부장은 '부장대우' 꼬리 뗐는데 넌 못 떼서 이런 거 아냐? 어떻게든 만회해 볼려고 그러는 거잖아!

경제부장   최 선배. 기철이, 그거 때문에 그러는 게 아니라….

김부장   내가 선배 같은 줄 알어! 출입처에서 모든 기자에게 배부한 자료를 특종이라고 쓸 만큼 뻔뻔하진 않아!

최부장   뭐? (달려들며) 이 자식이 내막도 모르면서 !

백국장   (버럭) 야!

모두 조용해진다.

백국장   나 없을 때 싸워, 나 없을 때. 나 있을 때 싸우면, 내 꼴이 뭐가 되냐?

문화부장   넵!

백국장   뭐가 또 넵이야? 아… 내가 이런 것들을 데리고… (모두에게) 당신들 말야! (삭힌다) 나 좀 나갔다 올게. 오늘 야간국장 누구야?

최부장   접니다.

사이.

백국장   나 못 들어올 수도 있어. 아니 못 들어와! 안 들어올 거야! 알아서 마감해!

나가는 백 국장. 이때 요란하게 울리는 휴대폰 소리. 전화 받는 경제부장.

경제부장   아, 이 전무. 얘기 들었어요. 정말 이럴 거야? 됐고, 광고는 이전무가 책임지고 내주 안에 풀어줘.뭐라구? (문화부장에게) 문 부장 티브이 켜봐!

TV를 켜는 문화부장. 트롯노래가 흘러나온다.

경제부장   아니! 채널1

다시 리모컨을 누르는 문화부장.
다들 모니터를 주목한다.
사색이 되는 김 부장.
암전.

7장. 저녁 7시

카페. 김 부장과 수현

수 현	어떻게 된 거야? 난 형한테 자료를 줬는데 왜 기사는 다른 언론사에서 나와?
김부장	몰라서 물어?
수 현	왜 일보를 안 냈어?? 특종하기 싫어?

김부장, 핸드폰을 꺼내어 보여준다.

수 현	"성수아. 과연 자살인가? 팬들 강한 의문 제기" 안 보여?
김부장	봤어. 내용은 없어. 기사라고 볼 수도 없어. 다행히도….
수 현	그걸 지금 말이라고 하는 거예요, 김 부장님? 아니, 왜 기사 안 나오는 거야? 뭐가 더 부족해?
김부장	지금… 아, 미치겠네….

이때 전화벨 울린다. 발신자 확인하는 김 부장.

김부장	권미립! 인터뷰는? 아직? 야! 다른 데 벌써 치고 나오잖아!

사이.

김부장	노트북이 깨졌어? 너 술 먹었냐? 형사들이랑 싸웠어? 다른 곳을 뚫어! 수단 방법 가리지 말고 무조건 인터뷰 따와! 뭐라구? 누구? 영화감독이? 왜? 오케이 알았어.

전화 끊는 김 부장.

김부장 봉감독이라고, 성수아랑 영화작업했던 감독인데 날 만나러 신문사로 온다네…?

수 현 선배. 내가 준 자료 다 선배가 좋아하는 팩트야, 팩트.

김부장 알아. 근데 그게 있잖아….

수 현 차 의사 계속 연락 안 돼. 행불 맞아. 나까지 없어져야 선배 기사 쓸래?

김부장 무슨 말이야, 내가….

수 현 선밴 좀 다를 거라고 생각했는데….

김부장 시간을 조금만 더 줘.

수 현 아니 내가 준 자료 다시 내 놔. (핸드폰 보이며) 이 기사 낸 방송사로 갈 거야.

김부장 야, 하수현.

수 현 김기철. 당신 기자 맞아? 뭐? 시간을 더 줘? 요즘 기자들 제보해주면 광고로 엿바꿔 먹는다더니 선배도 그러는 거 아냐?

김부장 진짜 말을 막하네? 나도 지금 할 만큼 하고 있어! 부장이라고 해서 내 맘대로 기사 낼 수 없다는 거 너도 잘 알잖아!

수 현 이러다가 결국 기사 안 쓸 거잖아. 열심히 제보한 나만 바보 만들고.

김부장 써. 쓸 거야. 대문짝만하게 김기철 내 이름을 박아서 쓸 거야!

수 현　그래. 내가 세상 물정을 모르는 철부지일 수도 있지. 괜한 정의감에 불타 하루아침에 세상이 바뀔 거라는 철없는 생각에 빠져 있는⋯ 그래도 나 같은 몽상가 한명쯤은 있어도 되는 거 아냐?

김부장　??? ⋯ 또 무슨.

사이.

수 현　선배 나 한번 갔다온 거 모르지⋯ 하긴 아무한테도 연락 안 했으니깐⋯ 레지 2년차에 잠수 탔었잖아⋯ 그때 결혼했었어. 두 살 아래인 간호사랑⋯.

김부장　???

수 현　오해 말어 남자였으니깐⋯ 모든 연을 끊고 제주 시내 한 병원에서 페이 닥터로 일했지⋯ 내 생애 가장 행복했던 시절이었지. 근데 세상이 그래. 뭔가 해보려면 안 도와줘⋯ 상대는 음주운전⋯ 저주스럽게 나만 가까스로 살아남고 남편이랑 아기를 먼저 보냈지⋯ 그때 깨달았지⋯ 거스리지말고 살자⋯ 순리대로 남들 하는 거처럼 살자⋯ 그게 안 되면 하는 흉내라도 내자⋯ (김 부장을 보며) 선배도 그리 해⋯ 그것도 쉽지 않겠지만⋯.

김부장　하 팀장, 안 쓸 거라면 여기까지도 안 왔어!

수 현　(정색하며) 형. 대학 학보사 때도 그랬어.

김부장　?

수 현　　총장인터뷰하고 와선 교수채용 비리 기사 쓰지 말자고.

김부장　　지금 그때 얘기가 왜 나와?

수 현　　됐고… (시계를 보며) 정확히 2시간 안에 기사 안 뜨면, 다른 언론사에 제보 할 거야!

　　　　　　퇴장하는 수현. 괴로워하는 김 부장.

　　　　　　이때 학생들 데모하는 소리, 임을 위한 행진곡, 노래 소리 들린다.

구 호　　"비리 교수는 물러가라! 사학비리 척결하자! 학보사는 각성하라!

　　　　　　순간, 팡, 팡, 팡! 최루탄 터지는 소리. 아수라장.

　　　　　　머리띠를 두른 여대생 수현 등장.

수 현　　아무리 편집장이지만 어떻게 담당 기자한테 말 한마디 상의도 없이 기살 뺄 수 있나요?

김부장　　수현이 넌 나서지 마라. 기사 편집권은 주간교수님과 나한테 있어.

수 현　　(비웃음) 총장에게 있는 게 아니고요?

김부장　　그래 대학신문 발행인은 총장이야! 그리고 대학신문은 학생신문이 아니라 교수님을 포함한 대학 모두의 신문이야. 저기서 농성중인 학생기자들 다 데리고 나와. 할 말 있으면 글로 해. 기자답게!

수 현   형 증말 웃긴다. 글로 하라고? 형이 글로 할 수 없게 하잖아!

나가 버리는 수현. 괴로워하는 김 부장.
암전.

8장. 밤 10시

최부장   자, 마감회의 진행하겠습니다.

경제부장   김 부장 아직 안 왔는데요?

최부장   김 부장 안 오면 신문 안 낼 거야?

경제부장   그런 게 아니라….

최부장   마감회의는 야간국장인 제가 주재합니다. 그럼 오늘 야간국장으로서 몇 개만 정리하겠습니다. 1면 톱은 '공공기관 낙하산인사 논란도 내로남불' '대입행정 졸속으로 고3 혼란가중' 2개 중 기사 나오는 거 보고 정합시다.

편집부장   그럼 여배우 타살기산 빠지나요?

최부장   네 빠집니다. (편집부장을 보며) 타살? 자살이지.

편집부장   네. 암튼 마감시간만 지켜주세요.

최부장   사이드는 경제기사 '물가 상승 심상치 않아'로 가고.

경제부장   그냥 우리 면에 쓸려고 했는데?

최부장   다른 거 찾아봐.

경제부장 예.

뛰어 들어오는 김 부장. 모두들 김 부장을 본다.

편집부장 회의하다 말고 어디 갔었어? 시간 없는데.
경제부장 전화해도 안 받고.

대답 없이 자기 자리로 가 노트북을 여는 김 부장. 엔터를 친다.

김부장 방금 기사 보냈어요.

최부장 자리로 성큼 성큼 가 출력된 기사를 책상에 던지는 김 부장.

김부장 기사 출력한 겁니다.
최부장 너 지금 나 협박하는 거야?
김부장 사실보도를 하자는 겁니다.
최부장 진짜 몇 번을 말해야 알아들어!
김부장 그럼 다른 데서 치고 나오면 받아쓰겠다는 거예요!
최부장 이 기살 취급하지 않겠다는 게 회사 방침이야!
김부장 이 정도 팩트면 넣어줘야지!
최부장 기사작성 육하원칙! 누가! 언제! 어디서 !무엇을! 어떻게! 왜! 이중에서 뭐가 빠졌는지는 니가 더 잘 알잖아!

이때, 쭈뼛거리며 등장하는 봉 감독. 비에 흠뻑 젖었다.

봉감독   저기요… .

모두 봉 감독을 본다.

봉감독   저기, 사회부 김기철 부장님 좀 뵈러 왔습니다.
김부장   제가 김기철 부장입니다.
봉감독   아, 네. 봉 감독입니다. 권미림 기자….
김부장   아, 예. 이리루.

의자에 앉는 봉 감독.

김부장   봉 감독이라고, 성수아 죽음 관련해서 할 말이 있다네요.
              권미림 기자가 소개했습니다.
문화부장   개는 지가 아직도 문화부기자인줄 아나? (다가오며) 전 문화
              부 맡고 있는 문상식 부장입니다.
봉감독   (절을 하며) 아, 예! 영화감독 봉상수입니다!
문화부장   연출하신 작품이? 혹시 독립영화감독이신가요?
봉감독   아, 아닙니다. 기억 못하실 거예요. 9년 전에 '잊혀진 사랑'
              으로 입봉하고 지금 새 영화 준비하고 있습니다.
문화부장   아, 그러세요.
국제부장   그간 많이 잊혀졌겠네요. 봉 감독이시라길래 순간 놀랬어

요….

김부장   그만들 하지? (봉 감독에게) 자, 어쩐 일로…?

봉감독   (큰 소리로) 우리 성수아 배우는 절대 자살할 여자가 아니 에요!

사이.

김부장   어떻게 그렇게 단정적으로 말씀하시죠? 고인이랑은 무슨 관계인가요?

봉감독   전 우리 수아를 너무 잘 알아요. 그녀를 위해 계속 시나리 오를 써 왔어요. 지금 준비하는 작품도 성수아를 주인공 으로 한 것이고요. 오해하지 마세요. 감독과 여배우, 그런 통속적인 관계 아닙니다.

김부장   마지막으로 성수아 씰 본 게 언젠가요?

봉감독   죽기 일주일 전에요. 죽기 이틀 전에 통화를 했구요.

김부장   무슨 얘길 나눴어요?

봉감독   시나리오 작업 잘 되냐고. 제가 속초에 글 쓰러 갔었거든 요. 기대된다고, 완성하면 젤 먼저 보여달라고.

김부장   다른 얘긴 없었어요? 혹시 대통령 당선인에 대해….

봉감독   그렇잖아도 걱정이 돼서 제가 먼저 물었어요. 그분이 대통 령이 되셨는데 괜찮냐고. 그때 수아가 그랬어요. 무섭다고.

김부장   무섭다고요? 왜요? 협박이라고 당했나요?

봉감독   그냥 세상이 무섭다고 했어요. 근데 그건 그냥 자신과 과

거가 있는 분이 대통령이 된 자체가 무섭단 거지 그거 때문에 자살을 하고 그럴 분위기는 아니었다구요!

김부장 아니 내 말은 그게 아니라….

봉감독 그리고 수아는 그런 일로 약해지거나 할 친구가 절대 아니에요.

김부장 아, 알았어요. 죽기 일주일 전 뵀을 땐 어땠나요?

봉감독 제가 쓴 시나리오 투자건으로 기획팀과 밥 먹는 자리였어요. 투자사에서 성수아를 선호한다는 거예요. 캐스팅 조건으로 투자하겠다고. 그때 수아 표정을 잊을 수가 없어요. 제가 여태껏 보아온 수아 표정 중에 가장 밝고 행복해 보였어요. 최고였어요. 돌아오는 차 안에서도 시나리오에 대해 시간가는 줄 모르고 대활 나눴어요. 수아는 자기가 직접 주인공을 연기해 가며 기대에 차 있었어요.근데… 그런 수아가 자살이라니요… 절대 아니에요!

김부장 그럼 누가 그랬을까요. 혹시 짚이는 데가…?

봉감독 난 모르죠. 그건 우리 신문이 밝혀 주셔야죠! 여기에 계신 기자분들이 해 주셔야죠. 흑흑.저기, '장군의 수염' 이라고 아세요? 콧수염을 단 장군이 전쟁서 이기고 돌아오자 온 나라가 여자, 할머니까지도 유행처럼 장군의 수염을 붙이고 다니는 얘기요. 수염을 안 붙이고 다니는 사람은 모두 적이에요. 다 똑같이 수염을 붙이고 살 필요는 없잖아요!

봉 감독이 다가가자 겁먹고 피하는 문화부장과 국제부장.

봉감독 우리 신문들은 그렇게 하면 안 되죠! (지난 신문을 꺼내 보이며) 자살이 아니에요. 수안 차안에서 그랬어요.

다시 일을 할 수 있게 돼서 너무 좋다고. 근데, 죽은 거예요.

모두가 자살이래요. 자살 아니에요!

우리 신문이 제대로 밝혀주세요. 진실을 밝혀주세요!!

참지 못하고 나서는 최 부장.

최부장 뭐하는 거야, 지금! 신문사가 돗떼기 시장인 줄 알아!

봉감독 ?

최부장 뭘 신문사가 밝혀? 그럼 타살이란 증거 있어?

사이.

봉감독 죄송합니다. 신문사에서 떠들어서.

공손히 절을 하며 퇴장하는 봉 감독.

국제부장 영환 안 봐서 모르겠는데 정서는 좋네.

문화부장 좋기는 개뿔. 과장에 오버. 왜 우는 거야? 저런 감독이 멜로 만들면 지가 먼저 운다.

경제부장 오우. 몰상식. 서당 개 3년이면 풍월을 읊는다더니.

편집부장 근데 장군의 수염이랑 성수아랑 뭔 상관이야? 나 머리가 나빠 이해 못하겠네. 제목을 못 뽑겠어.

최부장 완전히 또라이네? 무슨 말을 한 거야. 횡설수설. 그러니까 지가 성수아랑 살았단 거야? 애인이라는 거야? 모야?

문화부장 그나저나 그냥 가버리네? 현역 문화부장한테 인사도 안 하고. 쟤도 성공하기 힘들겠네….

편집부장 그나저나 어쩝니까? 봉 감독 얘기 기사 넣습니까? 시간 없습니다.

김부장 당연히 넣어야죠. (휴대폰을 들어 보이며) 봉 감독 얘기 녹취 했어요! 모두들 들으셨죠? 대통령에 당선되자 성수아가 무섭다고 했다구.

최부장 봉 감독이 우리 신문사에만 왔겠어? 조선도 가고 동아 중 앙 한국 문화 경향도 다 갔겠지?

김부장 그래요. 그러니깐 더 써야지. 다른 신문서 쓰기 전에.

최부장 근데 다른 신문사는 왜 안 썼겠냐구! 기사 가치가 없어서 안 쓴 거야! 그리고 김기철. 잘 들어. 다른 신문보다 먼저 쓰기 전에, 제대로 된 기사인지부터 확인해.

편집부장 거, 참. 편집부만 죽어나게 생겼네.

시계를 보는 편집부장.

사이.

경제부장   저기요.

모 두   ?

경제부장   이렇게 하면 어떨까요? 그 여배우 기살 실을 건지 말 건지
를 투표로 정하는 겁니다. 민주적으로.

사이.

국제부장   좋아요!

문화부장   콜!

편집부장   거, 참. 시간없다니까!… 할 거면 빨리 해!

최부장   당신들 편집국 간부 맞아? 신문기살 손을 들어 다수결로
정한다고? 이 시정잡배만도 못한… 우리가 하는 일은 뉴
스 가치를 정하는 일이야!

편집부장   그럼 어쩝니까? 신문 안 내요?

경제부장   아니, 최 선배 얘긴 알겠는데요. 민주주의란 게 어차피 차
악을 뽑는 거잖아요.

국제부장   그래요. 뭐 밤샐 거 아니잖아요. 두 부장이 타협할 거 같지
도 않고.

경제부장   우측부터 돌아가면서 예스인지 노인지 밝히죠?

사이.

문화부장   저기, 무기명 비밀투표로.

편집부장 시간이 없어요!

국제부장 4명인데 그냥 손들죠?

사이.

경제부장 아니 쪽지에 씁시다.

편집부장 그래 쪽지!

편집부장이 순식간에 A4 용지를 찢어 쪽지를 돌린다.

경제부장 김 부장 얘기가 맞으면 노, 최 부장 얘기가 맞으면 예스.

문화부장 (잠시 생각) 김 부장이 예스, 최 선배가 노 아니고?

사이.

국제부장 그냥 김, 또는 최로 써요!

편집부장 그래, 그래. 김, 최로 합시다. 빨리빨리! 시간 없어!

다들 쓴다. 쪽지를 수거해서 개표하는 편집부장.

편집부장 자 발표하겠습니다. (쪽지를 펴며) 김 !

일 동 !

편집부장 (쪽지를 펴며) 음… 최!

일 동   (놀라 서로 쳐다보며) ?

편집부장   (쪽지를 펴며) 음…?

일 동   ?

편집부장   기권.

김부장   ?

최부장   (한심하다는 듯) 유치, 비겁, 무책임, 무소신의 4인방!

경제부장   (애써) 뭐 기권도 의견이니깐..

편집부장   자 마지막 한 장입니다. 이 한 장으로 결판이 나는 겁니다! 깨끗이 승복하는 겁니다!

편집부장, 쪽지를 펴려는데 최 부장이 낚아채 찢어버린다.

김부장   (저지하며) 선배!

일 동   쵀, 쵀 부장….

최부장   지금 당신들이 하는 짓거리. 이게 정말 말이 된다고 생각해? 초등학교 반장선거도 이렇게는 안 해!! 난 결과에 상관없이 이런 식으로 신문을 만들 순 없어!

이때 등장하는 백 국장. 얼큰하게 취했다.

백국장   아이고, 우리 신문쟁이들! 늦게까지 열정적이구먼! 화이팅!

국제부장   국장님. 술 드셨어요?

백국장   그래. 한잔했다. 왜?

국제부장 같이 하자니까. 아이, 정말.

백국장 편집부장. 마감 얼마나 남았어?

편집부장 (시계를 본다) 으악! 30분 남았습니다, 30분!

백국장 나 깨우지 마라.

탁자에 다리를 올리고 자는 백 국장.

최 부장 책상에서 김 부장의 기사를 집는 편집부장.

편집부장 (기사프린트 집으며) 그냥 이걸로 판 짤게요! 김 부장 나한테
도 쏴 주세요!

최부장 뭐야? 야간국장이 오케이 안 한 기살 편집부가 맘대로 편
집해!

편집부장 기사가 없는데 어떻게 합니까?

최부장 없긴 왜 없어! (책상 옆 쌓아둔 기사 중 하나를 주며) 이걸로 가!

편집부장 (강하게) 아니요. 이런 기획 기살 어떻게 1면 톱에 써요?

최부장 뭐 이런 기사? 인구절벽 넘어 다시 성장해야! 이 기사야
말로 팩트야, 특종이야! 노령화 인구절벽에 생산성이 떨
어져 국가경쟁력이 추락하고 있어!

편집부장 기살 넣고 빼는 건 편집이 알아서 해요! 이 시각 이후엔
새 기산 물리적으로 불가능하다는 거 아시잖아요! 하루이
틀 해봅니까?

최부장 이 기사를 안 쓰겠다는 게 회장 지시야, 회사 방침이라구!

편집부장 백 국장 말 못 들었어요? (탁자 시계를 들어 올리며) 이 시간

이후엔 회장실에서 기사가 와도 안 된다는 말!

김부장   성수아 타살 의혹 갑시다! 이거 특종 맞다니까!

최부장   김 부장! 당신, 특종의 병폐 잘 알지? 악동(惡童) 심사라고, 던지는 그 돌멩이에 개구리들은 죽어나가. 언론사 특종이 우리 사회에 뭘 기여했지? 민주화에? 산업화에? 기여했겠지, 하지만 부작용도 많았지. 쓸 땐 기분 좋지, 세상을 다 얻은 거처럼. 그 후 생각해 본적 있어? 그 기사로 해고되고 급기야 자살하고, 가정이 파탄되고, 기업 문 닫고! 니가 진정 진실! 국민의 알 권리를 알어! 괜히 하는 수사잖아? 킬해! 괜한 공명심 부리지 말고! 제발 지적질 좀 그만하고!

김부장   지적질이라고?

최부장   노(no)하긴 쉬워! 예스(yes)가 어렵지! 노(no)는 그냥 아니오 하면 돼! 폼나게! 하지만 예스 하려면 참고, 인내하고, 설득해야 돼! 심사숙고해야 한다고!

김부장   노(no) 하기가 쉽다고? 노(no)하다 죽은 사람이 얼마인줄 잘 아는 사람이 그런 식으로 말을 해? 있는 그대로 쓰자는 거야. 사실대로 보도하자는 거야. '대통령 후보 시절 부적절한 관계였던 여배우 성수아의 죽음. 자살이 아닌 타살이 의심된다.' 이거 쓰자는 거야! 이게 어려워!

최부장   그건 사실이 아냐! 대통령 후보 시절 부적절한 관계였던? 증거 있어? 타살이 의심된다? 증거 있어? 아무것도 없어!

김부장   (자료를 들어 보이며) 이걸 보고 증거가 없다고 한다면 세상에 증거는 없어. 그냥 다들 기사 쓰지 말고 앉아서 봉급이

나 받아. (버럭) 다들 기자 왜 해! 처음 신문사 들어와서, 세
상을 바꾸겠다는 일념 하나로 발에 땀나도록 뛰어다녔던
아냐! 그 초심 다 어디 갔어!

최부장   김 부장 너 하나만 물어보자. 니가 바꾸려는 세상이 뭔데?
이렇게 발악해서 얻고자 하는 게 뭐야?정의로운 세상? 사
람답게 사는 세상? 천만에! 명예겠지! 니 명예!

김부장   그럼 선배가 원하는 건 뭔데! 그냥 앉아서 보도자료 내주
는 거 특종이라고 기사 쓰는 그런 게 선배가 원하는 거야!

최부장   (벌떡 일어나며) 이 새끼가!

김 부장의 얼굴을 가격하는 최부 장. 휘청거리고 넘어지는 김 부
장. 놀라는 부장들.

김부장   편집국 안이 이렇게 폭력이 난무하다는 걸 일반독자들은
알기나 할까!

순간 "에이!"하며 의자를 높이 쳐들고 최 부장을 향해 돌아서는 김
부장.
달려들어 말리는 부장들.

경제부장   야! 김 부장! 이거 놔!

김부장   비켜! 안 비켜!

편집부장이 김 부장이 들고 있던 의자를 뺏는다. 아수라장.

이때 들리는 "쿵" 엉덩방아 찧는 소리.

백국장 (자다가 깨서) 아이고 아파라 ! 뭐가 이리 시끄러워?

하면서 상체를 일으켜 일어나려다가 의자와 같이 옆으로 또 넘어

간다.

백국장 아이고!

놀라는 부장들.

경제부장 백 국장! 괜찮아요!

백국장 아이고 아파라.

국제부장 곰이 넘어지는 줄 알았네.

문화부장 나이도 있는데 조심하셔야죠.

이때 "야! 니들 확실히 해!" 소리

술에 취해 등장하는 권미림. 비를 맞았다.

모두 놀란다.

문화부장 하이고. 그 버릇 어디 가니.

확 고개를 돌려 문화부장을 째려보는 권미림. 시선 돌리는 문화
부장.

최부장   쟨 또 왜 저래? 사회부 자식들 빠져 갔구.

권미림, 비틀거리며 최 부장 탁자로 걸어간다.

김부장   야, 어딜 가? 권미림?

최부장   (권미림에게) 넌 또 뭐야!

권미림   좆같아서… 저 기자 그만둘라구요. 청와대 시험 언제 있
죠? 거기도 공채 뽑나요? 언론고시도 붙었는데 그까짓 꺼.

김부장   야, 권미림이! 일루 안 와!

권미림   최 부장! 우리 부장 좀 그만 괴롭히세요!

최부장   뭐야?

경제부장   저 자식 좀 데리고 가서 재워.

권미림   (경제부장 보고) 송 부장! 나 지금 자러 회사 들어온 거 아니
에요!

김 부장, 와서 권미림을 잡는다.

김부장   야! 너 인터뷰는? 어떻게 됐어? 인터뷰 했어?

권미림   뭐요?

김부장   ?

권미림   (뿌리치며) 놔요! (울음을 터뜨리며) 부장님 그게 아니구요! 나 신문사 그만 둘래요. 공무원시험 준비 할래요. 더러워서….

가까이에 있던 의자에 앉으려는데 발을 헛디뎌 바닥에 엉덩방아를 찧는 권미림.
그대로 쓰러져 잔다.

김부장   야, 권미림! 그냥 자면 어떻게 임마!
문화부장   아 아름답다. 아름다워~.
최부장   (혀를 차며) 하여간 요즘 기자들 문제야. 화이팅이 없어!
권미림   (벌떡 일어나) 씨팔, 뭐라구?

하고는 다시 눕는 권미림.

김부장   (권미림에게 가서) 야 권미림. 인터뷰 했어? 누구 했어? (권미림 멀뚱 멀뚱) 야, 권미림! 정신차려! 했어? 못했어?

권미림, 좀비처럼 어그적 어그적 최 부장에게 가서
주머니에서 구겨진 종이 한 장을 꺼내 최 부장의 탁자 앞에 내려 놓는다.

권미림   현장119 대원 인터뷰 딴 겁니다. 최초 시신 발견자요. 백

퍼센트 타살입니다.

피식 다시 쓰러지는 권미림. 모두들 인터뷰 기사를 본다.

김부장   이 정도면 이제 기사 실을 요건은 충분이 되는 거 같은데
　　　　 요, "야간국장님."

최부장   안 돼!

편집부장 마감 10분 전이에요! 신문 안 만들 거요!

김부장   (국장석 수화기를 들며) 그럼 1면 톱 없이 백지로 그냥 윤전기
　　　　 돌려!

최부장   (달려가며) 야 김기철! 너 정말!

백국장   (천둥소리 같이) 그만해!

　　　　 그 소리에 모든 부장들이 고개를 돌려본다.
　　　　 백 국장이 걸어 나온다. 찬물을 끼어 얹은 듯이 조용하다.

백국장   권미림 기자, 그 인터뷰 한 거 갖고 와 봐.

　　　　 권미림은 못 들었는지 멍하니 있다.

김부장   (권 기자의 빰을 때리며) 권미림 정신 차려!

　　　　 권미림, 간신히 일어나 최 부장 책상 위 기사를 들고 백 국장에게

향한다.

발걸음이 위태위태하다.

일 동   (그 곡예 같은 걸음걸이에 맞춰) 어, 앗! 야, 조심!

권미림   (곡예를 마치고 이윽고) 여기요, 국장.

백국장   너 술 먹었냐?

권미림   (딸꾹질하며, 비틀) 먹었죠. (버럭) 술 안 먹고 어떻게 기자해요!

사이.

백국장   그건 그래. (기사를 보고) 이거 니가 했어?

권미림   네.

백국장, 기사를 읽는다.

모두들 긴장된 모습으로 백 국장을 본다.

이윽고 기사를 다 읽은 백 국장.

백국장   권미림.

권미림   네?

백국장   이거 다 팩트 맞지?

권미림   네.

괴로워하는 백 국장.

사이.

확신한다.

백국장　기사 넘겨.

부장 일동, 환호하고, 편집부장은 기다렸다는 듯이 바로 기사를 받아 달려간다.

편집부장　자, 3분 남았다. 급, 급이다! 컷 제목, "여배우 성수아. 자살 아닌 타살 의심돼" 교열 볼 것 없어 바로 넘겨!

무대 옆으로 달려 나가는 편집부장.

최부장　오늘 야간국장은 저예요! 에잇!

양복 상의를 집어 들고 밖으로 나가는 최 부장.

백국장　최병두.

서는 최 부장.

백국장　년 항상 정장에 넥타이 매고 다녀서 좋아. 노타이의 편안함을 잘 알면서도 매일 타이를 매고 다닌다는 게 생각처럼 쉬운 일은 아니지. 최 부장. 우리, 안 가본 길 한번 가 보자!

최부장 백 선배. 안 가본 길을 가기엔 우리 너무 늙었어요.

나가는 최 부장.

백국장 그래 늙었지. 수습 달고 경찰기자하면서 날밤 새며 기사 쓴 게 엊그제 같은데 벌써 32년. (한숨) 젠장. 대한민국 언론사에 빛날 특종은 많이 못했지만 나름 최선을 다했는 데. 정말 낯부끄러운 일은 안 하려고 했지. 그래 그런데 그게 그리 돼? 세상을 핑계 삼아 가족을 이유로 둘러대고 도망치고 지나치고 볼펜도 수없이 던졌던 거 같아. 나 누구랑 술 마셨는지 아냐? 나도 취재했다. 나 정치부장으로 있을 때 원수처럼 지내다가 호형호제하게 된 원로 한 분이 있거든. 지금도 당선인을 지근거리서 도움을 주고 있지. 그 양반 만나고 왔다.

사이.

백국장 야 김기철. 나 짤리면 니가 매일 술 사야 한다.

백 국장 양복상의를 들고 나간다.

권미림	(잠꼬대) 조 형사! 니들 다 죽었어!
백국장	야 권미림 기자.
권미림	(다시 벌떡 일어나 두리번) 네?
백국장	해장술 하자!
권미림	(소리를 작게 동작은 크게) 아, 넵 !

김 부장을 보고 히히 웃으며 비틀비틀 달려 나가는 권미림.
김 부장 일어나 창가를 보면, 어느새 비가 그쳤다.
무대 전체가 서서히 암전.

9. 새벽

신문사 앞 소공원.
찬바람을 맞으며 캔맥주를 마시고 있는 최 부장.
잠시 후, 등장하는 김 부장.

김부장	어디 좋은 데 있는 줄 알았는데, 겨우 여기에요?
최부장	난 여기가 좋아. 마감 끝내고 들이키는 이 캔맥주 한 잔. 마감은 ?
김부장	최 선배. 미안해.

사이.

김부장　형. 최병두….

최부장　난 몰라. 다음 달 월급 안 나오면 니가 책임져라.

김부장　사실 나도 백퍼 자신은 없어. 근데 질 수는 없잖아. 여기서 지면 왠지 계속 질 거 같은 느낌. 계속 끌려 다닐 거 같은 느낌… 내가 오늘 최 선배랑 그랬지만, 실은 나 자신이랑 붙은 거지.

최부장　니가 그래서 아직 부장대우야.

김부장　…….

김 부장, 웃는다.

최부장　십년쯤 됐나? 나 사회부 평기자로 있을 때야. 백 선배가 그때 데스크였고. 냉동닭을 유통하는 중견업체였는데 유통기한을 지키지 않는다는 제보가 들어왔어. 취재를 했지. 제보대로 유통되는 닭들이 다 날짜가 지났더라구. 정의감으로 불탈 때 아니냐, 그때. 먹을 거 갖고 장난치는 놈 하며 엄청 세게 기사를 썼어. 백 선배가 오케이 해서 기살 넘겼지. 우리가 일보를 낸 후 다른 매체들이 후속보돌 쏟아냈지… 이틀 후, 그 회사 사장이 자살을 했어. 기사가 나가자 감당이 안 됐던 거지. 주위의 만류에도 문상을 갔어. 죽은 사장 아내가 날 한쪽에 앉히더니 그래. 남편이 뭘 그리 잘못했냐고. 유통기한 지난 걸 자신들이 어떻게 아냐고. 국가 검역소도 모르고 통과 시킨 것을 애 아빠가 어찌 아냐고. (사이) 당신 기사 때문에 사람들이 다 우리가 유통기한을 변조한 걸로 안다고. 그러면서 울구불구… 아들인지 옆에 있던 조그만 아이도 덩달아 울고.

김부장 …….

최부장 내가 좀 더 확인했어야 했는데. 그날 문상 갔다 와서, 술이 떡이 돼서 백 선배를 만났어. 사직서 던지면서 소리쳤지. "씨발! 우리 이렇게 살아도 되는 거야!" 백 선배가 그래. "그거 안 집어넣어? 내가 책임져! 내가 데스킹 했잖아!" 내가 그랬지. "씨발 우리가 어떻게 책임져! 회사는 부도났고, 사장은 죽었고 가족은 풍비박산 났는데! 우리가 던지는 돌멩이에 개구리들은 죽었는데!"

김부장 …….

최부장 다음날 사무실에서 일어났는데 주머니에 사직서랑 돈이 들어있더라. 당분간 집사람이랑 바람 좀 쏘이고 오라고 백 선배가 넣어둔 거지. 나중에 들은 얘기지만 백 선배도 임원실 불려가서 경위서 쓰고 그랬다 보더라구.

사이.

최부장 내가. 그 뒤로 좀 소심해졌어.

사이.

최부장	그나저나 너 좀 전에 최병두가 뭐냐? 요즘 신문산 위아래도 없고….
김부장	아이, 참. 같이 늙어가면서….
최부장	뭐? 야. 내가 너보다 2기수 위야. 한참 쫄다구 자슥이?
김부장	또 그 소리. 학번은 하나 위잖수.
최부장	왜 아주 동기하자고 하지. 참, 우리 장인 병원 부탁한 거 어떻게 됐어?
김부장	그런 감기 같은 건 그냥 동네 의원 가면 돼요.
최부장	감기 같은 거? 얘가 감길 우습게 아네. 그게 폐렴 되는 거야.
김부장	폐렴은 감기 바이러스가 아니라 균이 직접 폐에 들어가야 생기는 거예요.
최부장	어쭈 니가 의사냐?

이때 등장하는 부장들.

문화부장	마감 끝내고 나무 밑에서 시원한 캔맥주! 괜찮네.
경제부장	몰상식 부장. 괜찮겠어? 언릉 집에 가야지.
국제부장	그래 와이프한테 깨지지 말고… 어여 가. 아님 요기 편의점 가서 시원한 맥주 좀 사오던가… ㅋ 동기 하나 있는 게 쪽팔리게….
문화부장	야. 나도 너 쪽팔려. 어디 가서 내 동기라고 하지 마. 최 부장 동기라고 해, 최 부장 동기.
최부장	가만 있는 난 또 왜 끌고 들어가냐? 김 부장 동기 해.

김부장   아이고, 나는 권미림 하나로도 벅찹니다.

국제부장   진짜, 뭐야. 편집국 유일한 홍일점을.

편집부장   홍일점이 뭐야? 중국집 이름이야? 새로 나온 꼬냑인가?

국제부장   이런 거. 다 미투 고발건이야.

김부장   아니, 근데. 아까 투표했을 때, 마지막 표는 뭐였어?

최부장   내가 신문쟁이 22년인데, 참, 나. 다수결로 기사 정해보긴 처음이다.

편집부장   난 기권이 더 웃겨. 누구야? 박쥐 같은 인간.

국제부장   최 부장, 김 부장. 택시비 줘요. 나 차 끊겼어.

문화부장   대리 불러.

국제부장   택시 타고 갈 거야.

김부장   얼마야, 오 부장? 최 선배가 줄 거야.

최부장   야, 특종한 니가 줘.

국제부장   됐어요. 자, 난 먼저 갑니다. 몰상식이 가자.

서로들 정겹게 인사한다. 국제부장 문화부장 퇴장.

편집부장   자, 나도 들어갑니다.

나도요, 내일 봐요 하면서 부장들 퇴장하면 이때,

수 현   김 선배.

김부장   어….

김 부장, 다른 부장들과 인사하고 수현에게 온다.

김부장   여긴 어떻게 알고?

수 현   선배 동선쯤이야, 다 취재했지.

수 현   (손을 내밀며) 욕 봤어.

김부장   알긴 아는구나.

수 현   손 안 잡아?

김부장   (손을 잡으며) 그래 고맙다.

수 현   놔.

사이.

김부장   별.

깔깔거리며 김 부장 팔장을 끼는 수현.

김부장   왜 이래?

수 현   차 의사 연락 왔어. 일본 여행 가있대. 휴가.

김부장   잘 됐네.

수 현   가자. 빨러.

김부장   야. 너 말 똑바루 해. 너 이런 게 다 성추행이라니까?

수 현   술 빨자구… 어? 기사 떴다!

고개 들어 정면을 보는 김 부장과 수현.

수 현　긴급속보. 대한일보 특종보도. 대통령 당선인과 염문설 있던 여배우 성수아 타살 의혹. 검찰, 전면 재수사 불가피할 듯. (김 부장을 보며) 와우!

달을 보듯 밝은 전광판을 보고 있는 두 사람.
암전.

에필로그. 아침

편집국 부장회의실.

신문과 자료들이 어수선하게 놓여 있는 책상(탁자)들이 보인다.
그 사이를 오가며 마스크를 한 청소부(女)가 큰 쓰레기통을 끌고
편집국 구석구석을 돌며 쓰레기통을 비운다. 이 장면 역시 프롤로
그와 마찬가지로 상징적인 동작만 한다.

청소부 (쓰레기통을 비우며) 아이고 더러워. 이걸 한꺼번에 버리면 어
떡해? 분리를 해야지. 알 만한 사람들이. 어라? (음식물 쓰레
기 치우며) 암튼 기자라는 사람들이 더해. 더럽게. 글 따로!
하는 짓거리 따로! 언행일치가 안 돼요. 쯧쯧.

청소부, 큰 쓰레기통을 끌고 가다 문뜩 책상 위에 놓인 신문을 펼
쳐본다.

청소부 밤새 난리를 친 게 이 뉴스여? 음… 그런 거였어? 그래 그
런 거 같더라… 근데 나랑 별 상관없네. 일용직들 일당이
나 좀 오르게 기사 좀 쓰지. 하이고 허리야.

이어 등장하는 정장차림의 최 부장.

문화부장　(자리에 앉으며) 내 슬리퍼 어디 갔지…?

쓰레기통 끌고 바삐 퇴장하는 청소부.

김 부장 전화하며 등장.

김부장　야, 권미림. 너 왜 거기 있어? 강남서로 가라고! 후속 기사 써야 될 거 아냐! 너 아차 하면 특종 하고도 물 먹는다는 거 알지! 정신 바짝 차려, 전쟁이야! 전쟁! 제발 술 좀 그만 먹구!

최부장　지금 여론이 그리 호락하지 않을 텐데요! 국민들은 이 사안에 대하여 궁금증을 아주 많이 가지고 있다고요! 아니요! 오지 마세요! 바쁩니다! 홍보일 처음 하세요? 무슨 일을 그렇게 합니까? 끊습니다!

신경질적으로 전화 끊는 최 부장.
이때 국장, 부장들이 등장한다. 그 위로 들리는….

"오전 10시 강남경찰서서 기자회견 한다네요."
"봉 감독 기사 잘 봤다구 박카스 한 통 사갔고 온대요."
"야. 됐다구 그래."

"네, 네. 맞습니다. 이 양반이 속고만 살았나. 가짜뉴스 아
니라고욧."
"그래 성수아가 출연한 작품들 쓰라고!"
"사회부 때문에 정치부만 죽어나네, 젠장!"

바쁘게 움직이는 부장들 머리 위로 조명이 아웃된다.

– 끝 –

한국 희곡 명작선 143

부장들

초판 1쇄 인쇄일   2023년 11월 20일
초판 1쇄 발행일   2023년 11월 29일

지 은 이   김병재
만 든 이   이정옥
만 든 곳   평민사
            서울시 은평구 수색로 340 〈202호〉
            전화 : 02) 375-8571 / 팩스 : 02) 375-8573
            http://blog.naver.com/pyung1976
            이메일 pyung1976@naver.com
등록번호   25100-2015-000102호
ISBN   978-89-7115-108-2   04800
            978-89-7115-663-6   (set)
정   가   9,500원

이 책은 사단법인 한국극작가협회가 한국문화예술위원회의 2023년 제6회 극작엑스포
지원금을 받아 출간하였습니다.

한국 희곡 명작선